# Liberté, Egalité, Fraternité,

# et …Responsabilité

ou

# «Reviens Napoléon,

# reviens !»

## Jean-Pierre Aukoun

# Table des Matières

# Avant-Propos

Rédigée en juin 2015, cette « brève histoire du futur de la France » est un essai de politique fiction qui, avec le retour de Napoléon, imaginait ce qui pouvait être fait pour profondément réformer le pays et lui donner les moyens de se développer avec ses partenaires européens dans le contexte de la mondialisation.

Qu'aurait fait Napoléon s'il était revenu en 2015 ? Comment aurait-il réformé le pays et plus largement la structure de l'Union Européenne ? C'est à ces questions que tente de répondre ce court essai. L'élaboration des réformes, les décisions qui en résultent, les actions qui sont menées se déroulent dans un calendrier très rapide. Mais peut-on attendre autre chose du vainqueur de la campagne d'Italie ?

L'élection récente d'Emmanuel Macron, la composition du nouveau gouvernement, et l'éclatement des partis politiques traditionnels de gauche comme de droite, montrent qu'il est possible de remplacer le clivage droite-gauche par une nouvelle géographie politique qui rassemble au centre avec une réelle volonté de réformer le pays.

Que ce rassemblement ait lieu en 2017 après l'élection présidentielle et non pas à l'issue des élections régionales de décembre 2015, comme indiqué dans cette fiction ne change guère le propos.

Napoléon a su doter la France d'une organisation moderne pour son époque. Celle-ci est encore en vigueur dans de nombreux domaines, plus de deux siècles après. Que proposerait-il actuellement ? ...Et si la nouvelle équipe gouvernementale s'en inspirait pour sa feuille de route ?

Toute ressemblance avec des personnages vivants serait purement fortuite. Les différents noms de personnes citées, hommes politiques ou représentants de la société civile, ne sont là que pour permettre à Napoléon de se positionner plus facilement dans sa nouvelle époque.

# 2015 : le réveil

**Napoléon, âgé de 35 ans, sort de son tombeau et rentre dans la vie politique et économique.**

A l'issue d'un colloque sur « l'Evolution des Institutions sous Napoléon », le 15 janvier 2015, Max Gallo et Dominique de Villepin se rendent aux Invalides pour voir le tombeau de l'Empereur. A leur grand étonnement ils tombent nez à nez avec un homme de 35 ans qui ressemble trait pour trait à Napoléon. Celui-ci vient en effet de sortir de son tombeau après un long sommeil. La personne qui se tient en face des deux admirateurs de l'Empereur est Napoléon lui-même, tel qu'il était en 1805. Ses capacités intellectuelles : sa compréhension de son environnement, son sens de l'organisation, sa puissance de travail, son charisme, sont intacts et ne demandent qu'à s'exprimer de nouveau.

Croyant avoir affaire à un faussaire, Dominique de Villepin demande que cette personne fasse un test ADN, afin de vérifier qui il peut être réellement. Les résultats des tests effectués sur une mèche de cheveux de l'empereur, conservée aux Invalides, confirment sans aucune ambiguïté qu'il s'agit bien du même personnage.

Les deux écrivains, anciens ministres, entreprennent de lui donner rapidement la connaissance de la situation politique et économique de la France et du monde. Napoléon découvre les nouvelles technologies, le monde des start-up et en tire une conclusion : ce qui a fait le succès d'Apple, de Microsoft, de Google et des autres sociétés du numérique doit s'appliquer à la gestion de l'Etat. Il faut constituer l'Etat du XXI siècle, de la même manière qu'il avait bâti un nouvel état, dont beaucoup de principes et de structures sont toujours en vigueur 200 ans après. Napoléon est sidéré des pesanteurs de l'Etat, de l'impossibilité d'agir rapidement.

Max Gallo et Dominique de Villepin décident de lui faire rencontrer la classe politique française dans un premier temps. Max Gallo l'introduit auprès des responsables socialistes et Dominique de Villepin lui fait rencontrer les principaux leaders de l'UMP, de l'UDI et du Modem. Napoléon est atterré de constater l'incapacité de la classe politique à prendre des décisions « politiques » au sens noble du terme et à se placer dans une perspective stratégique loin des combinaisons partisanes de court terme.

La venue à Bruxelles de Christine Lagarde pour une réunion entre le FMI et la Banque Centrale Européenne, donne à Napoléon l'occasion de rencontrer la Directrice Générale du FMI et d'établir d'excellents contacts avec elle. Compte tenu de l'œil neuf que Napoléon apporte sur la vie politique française, de ses capacités de synthèse et de son sens de l'organisation, elle lui suggère de jouer un rôle de consultant pour proposer rapidement des actions et faire réagir le personnel politique français.

Napoléon entame alors une série de rencontres avec tous les partis politiques. Il approfondit les premiers contacts déjà établis avec le PS, l'UMP, l'UDI et le Modem, mais rencontre également les autres partis : écologistes, communistes et Front de Gauche, ainsi que le Front National. Ces contacts le conduisent à deux conclusions :

- il existe un réel danger de l'arrivée au pouvoir d'un parti populiste qui conduirait à un repli sur soi de la France. Pour lui, ceci serait la négation même du rôle que la France devrait jouer dans le monde,
- un rassemblement autour du centre est indispensable pour avancer. Il faut casser les actuels clivages «droite / gauche» qui ne signifient plus rien aujourd'hui. Pour ceci, il faudrait rassembler au sein d'une même entité les forces de la droite modérée, du centre ainsi que les socialistes qui se veulent réellement «sociaux-démocrates».

A l'occasion de ces réunions, il établit des relations de confiance avec plusieurs hommes politiques, et notamment Alain Juppé, François Fillon, Manuel Valls, Bruno Le Maire et Emmanuel Macron.

Fasciné par le numérique, qu'il considère comme LE moyen sur lequel s'appuyer pour faire évoluer la société française et rénover profondément le fonctionnement de l'Etat et de l'Administration, il s'entoure de chefs d'entreprises ayant développé une expérience réussie dans ce domaine avec une dimension à l'international. Il leur demande de proposer des actions concrètes pour tirer au mieux partie des apports du numériques pour moderniser l'Etat et la société française. L'exploitation du Big Data, l'utilisation systématique de l'Open Data, la dématérialisation des moyens de paiement et de contrôle dans les transports, la sécurisation des données, sont quelques-uns des sujets qu'il retient dans le cadre d'une première réflexion. Pour avancer sur ces thèmes, il rassemble autour de lui des chefs d'entreprises du numérique, notamment Denis Payre, Xavier Niel, Jean Philippe Grangeon et quelques autres, des responsables de grands Groupes et de PME ou ETI représentatifs, ainsi que les principaux contributeurs du rapport Philippe Lemoine sur «La transformation numérique de l'économie française».

Il établit également d'excellents contacts avec certains journaux et plus particulièrement le Monde, Les Echos et l'Opinion ainsi que des hebdomadaires : l'Obs et l'Express.

Ces différents contacts lui permettent de se constituer un cercle de partisans qui comprend des hommes politiques, des responsables économiques ainsi que quelques économistes. Il lance alors son activité de conseil en stratégie et organisation en s'appuyant sur ce cercle.

Face aux grandes difficultés de l'UMP et aux multiples positions prises par ses principaux responsables, Alain Juppé propose au bureau politique du mouvement de confier à Napoléon une mission d'analyse dans le but de contribuer au futur programme du parti. Après quelques débats, cette proposition est adoptée, mais focalisée sur la réforme de l'Etat. Napoléon entreprend cette mission dès le mois de mai, mais son tempérament le pousse très vite à élargir le cadre de l'étude et à proposer en fait les grandes lignes d'un véritable programme de réforme.

Celui-ci comporte 2 axes principaux :

- en France une réforme complète de l'administration afin de disposer d'une Administration 2.0 : renforcement du rôle régalien de l'état mais diminution du rôle de l'Etat en ce qui concerne ses autres domaines de compétence,

- en Europe : la mise en place d'une structure fédérale regroupant les six pays à l'origine du Marché Commun : France, Allemagne, Italie, Belgique, Pays-Bas et Luxembourg, auxquels pourraient se joindre l'Autriche et le Danemark.

La présentation des résultats, en juillet, conduit à de larges débats au sein du parti Les Républicains. Si beaucoup reconnaissent le bien fondé des propositions, très peu s'estiment en mesure d'avancer dans ce sens.

Le rapport fait par contre l'objet d'une très forte médiatisation. Lors des nombreuses émissions politiques sur les différentes chaînes de télévision et radio, des hommes politiques de tous bords commentent positivement les propositions mais considèrent que le pays n'est pas à même de réaliser une telle transformation.

Napoléon s'aperçoit que, malgré la bonne volonté de plusieurs hommes politiques, les blocages sont tels que personne n'est en mesure de faire avancer les choses, même si un consensus existe sur plusieurs mesures. Il décide alors de se lancer dans la politique. Etre consultant ne lui permet pas de peser sur les événements. Il faut qu'il agisse directement.

En juillet, la disparition brutale d'un député socialiste et de son suppléant, en Gironde, conduit à une élection partielle.

Outre le candidat officiel du PS, un dissident, proche des frondeurs se porte également candidat. Le Parti Radical, Europe Ecologie Les Verts ainsi que le Front de Gauche alignent chacun un candidat. A droite le parti Les Républicains est partagé entre un candidat officiel et un dissident issu de la Droite Forte. Un candidat du Front National complète cette liste.

Face à l'émiettement des candidatures, les premiers sondages donnent le représentant du FN gagnant. Napoléon décide de se porter candidat.

A l'issue du premier tour le candidat FN recueille 30% des voix, Napoléon 25 %, le candidat officiel Les Républicains 15% et le candidat PS soutenu officiellement par le Gouvernement 12%. Dès le lundi, le parti Les Républicains et le PS indiquent qu'ils soutiendront Napoléon face au candidat du FN.

Le deuxième tour conduit à l'élection de Napoléon avec 58 % des voix. Pour la première fois dans une élection partielle depuis l'élection de François Hollande en 2012, la participation au deuxième tour est en forte hausse et atteint 64%

Napoléon fait son entrée à l'Assemblée Nationale lors de la rentrée parlementaire, le 28 septembre 2015.

A l'Assemblée, il constitue rapidement un petit groupe de députés, de droite comme de gauche, qui souhaitent moderniser le pays : le «**Rassemblement Républicain Responsable**» : RRR ou R3.

A l'occasion de l'émission « Des Paroles et des Actes » à laquelle il participe et qui obtient une audience record, Napoléon annonce que le R3 présentera des candidats dans chacune des régions, lors des prochaines élections de décembre.

La préparation des élections régionales fait éclater le parti Les Républicains, entre «Les Républicains droitistes», provenant du courant «La Droite Forte» et partisan d'accord avec le Front National et «Les Républicains modérés». De même, le Parti Socialiste éclate entre frondeurs « jusqu'au-boutistes » et gauche modérée «social-démocrate». Au deuxième tour, face au Front National, de multiples rapprochements se font autour du R3. Sur les treize régions métropolitaines, les résultats donnent 8 régions au R3, 2 au FN, et 3 à la gauche.

Conséquence du résultat de ces élections, le paysage de l'Assemblée Nationale est profondément modifié. Les groupes Les Républicains et PS éclatent et une majorité de députés rallie le R3 : les deux-tiers de l'ex-parti Les Républicains, l'UDI et le Modem, ainsi que la moitié du PS, ce qui conduit à un total de 320 députés. L'autre moitié du PS se sépare en 2 : les frondeurs rejoignent les communistes et les écologistes dans un Rassemblement de la Gauche Sociale et Ecologiste (RGSE). Seuls 85 députés continuent de siéger en tant que Groupe Socialiste. Une motion de censure déposée par le R3 conduit à la chute du gouvernement.

Manuel Valls présente au Président de la République la démission de son gouvernement. François Hollande appelle alors Napoléon pour former le nouveau gouvernement. Une cohabitation d'un nouveau type s'engage donc.

François Hollande n'est plus soutenu que par une faible partie des députés socialistes, ceux qui n'ont rejoint ni le R3, ni le Rassemblement de la Gauche Sociale et Ecologiste.

De son côté, Nicolas Sarkozy n'est plus suivi que par le tiers environ des parlementaires de l'ancien parti Les Républicains.

Fin décembre 2015, Napoléon constitue rapidement un gouvernement resserré avec 15 ministres. Celui-ci comporte des représentants des anciens groupes qui ont rejoint le R3 ainsi que plusieurs membres de la société civile. Dans sa composition, on distingue clairement les domaines régaliens (défense, sécurité, justice, monétaire, douanes, affaires étrangères) dans lesquels un renforcement des prérogatives de l'Etat est jugé nécessaire, des autres domaines dans lesquels un désengagement progressif de l'Etat est visé. Entre les deux l'Education est appelé à être profondément modifiée et modernisée, afin de tenir compte de l'évolution de la société et exploiter pleinement les nouvelles technologies.

Dans sa déclaration de politique générale, Napoléon met l'accent sur 2 axes directeurs, qu'il avait présentés en juillet :

- une réforme complète de l'administration afin de disposer d'une **Administration du XXIème siècle** : renforcement du rôle régalien de l'état mais diminution du rôle de l'Etat en ce qui concerne la vie économique, en se basant sur une responsabilisation accrue de chacun. Il insiste sur la nécessité que chacun : hommes politiques, partenaires sociaux, médias et plus généralement tout citoyen français fasse preuve de plus de responsabilité. Il rappelle que si chacun a des droits, chacun a des devoirs.

- en Europe : la mise en place d'une structure fédérale **« la Confédération Européenne »** **(CE)** regroupant France, Allemagne, Italie, Belgique, Pays-Bas, Autriche, Luxembourg, Danemark, afin d'avancer rapidement dans la constitution d'un noyau capable de peser sur le plan mondial, avec 250 millions d'habitants et un PIB de plus de 9000 milliards de dollars.

Le renforcement de la sécurité, tant intérieure qu'extérieure, fait l'objet de premières mesures.

Lors d'une réunion avec François Hollande et Nicolas Sarkozy, Napoléon met en avant la recomposition du paysage politique autour du R3 qui, pour la première fois depuis le début de la Cinquième République réunit au sein d'un même parti à l'Assemblée de nombreux membres de la Droite et de la Gauche. Il rappelle que toutes les études montrent que les français approuvent très majoritairement cette évolution qui, permet enfin d'en finir avec le « blocage droite / gauche » et de faire évoluer le pays. Il demande à ses deux interlocuteurs, leaders de facto de la «droite républicaine» et de la «gauche», de tenir compte de cette évolution et d'en tirer les conséquences pour eux-mêmes.

Dans son intervention du 31 décembre, François Hollande fait le bilan de la situation : absence de signal tangible d'inversion de la courbe du chômage, défaite cinglante des socialistes aux élections régionales et absence de soutien pour sa politique avec la quasi disparition du Groupe Socialiste à l'Assemblée. Il indique qu'il en tire les conséquences. Il poursuivra son mandat jusqu'à son terme en respectant les choix exprimés par les français lors des élections régionales et matérialisés par la recomposition du paysage politique à l'Assemblée autour du R3. Compte tenu de la situation globale du pays et de l'opportunité de regroupement des français autour du programme du R3, il annonce une nouvelle forme de cohabitation, laissant l'essentiel des pouvoirs au Premier Ministre et cantonnant le Président au rôle de gardien des Institutions. Il déclare enfin qu'il ne se représentera pas en 2017.

Quelques jours après, en présentant ses vœux, Nicolas Sarkozy indique que lui aussi se retire de la politique et monte un cabinet de conseil et stratégie avec d'autres anciens dirigeants issus de pays anglo-saxons.

# 2016 : une année menée tambour battant pour réformer le pays

## <u>Premier trimestre 2016 : la mise en place des mécanismes</u>

Dès le début janvier, Napoléon lance quatre principaux chantiers : la réforme de l'Etat, la modification des institutions européennes, la sécurité et l'économie.

<u>Réforme de l'Etat</u>

Dès le début 2016, Napoléon met en place la **Commission de Réforme de l'Etat (CRE),** présidée par Didier Migaud, le Premier Président de la Cour des Comptes, afin d'élaborer en concertation les principales mesures. Celles-ci feront ensuite l'objet d'une **ratification par référendum, prévue au 4ème trimestre 2016**. Pour ce faire, il s'appuie sur différentes personnes, notamment : Emmanuel Macron, René Dosière, le député de l'Aisne qui analyse le coût des différents services de l'Etat depuis de nombreuses années ainsi que Charles de Courson, président la commission d'enquête parlementaire sur l'affaire Cahuzac. Jacques Attali contribue aux réflexions de cette commission en fournissant une mise à jour son rapport présenté en 2008.

Europe

En parallèle Napoléon lance une action européenne en direction des chefs d'états ou de gouvernement des pays européen et propose une grande conférence sur la modification de la structure des institutions. Il propose à Alain Juppé d'être le coordonnateur de cette action.

Dès le mois de janvier, Napoléon entreprend un tour d'Europe des capitales des pays qui pourraient constituer le premier cercle. Angela Merkel, ravie de voir que la France dispose enfin d'un dirigeant qui souhaite réformer profondément son pays et faire avancer une Europe sur le chemin d'un état fédéral, lui apporte son soutien. En Italie, la volonté réformatrice de Mateo Renzi trouve un cadre propice au développement des réformes qu'il avait souhaité entreprendre. La proximité d'âge entre les deux hommes facilite leurs relations. Au niveau de la Commission Européenne, Jean-Claude Junker voit une opportunité pour faire enfin avancer les réformes indispensables pour l'Europe. S'appuyant sur ses responsabilités précédentes de Premier Ministre luxembourgeois et de Président de l'Euro-Groupe, il convainc les dirigeants belges, néerlandais et luxembourgeois de s'insérer dans ce mouvement.

## Economie

Sur le plan économique, une commission constituée de représentants du Conseil Economique Social et Environnemental, du Conseil d'Analyse Economique et du Commissariat Général à la Stratégie et à la Prospective, est chargée de proposer un ensemble de réforme de l'environnement économique, de simplifier les multiples structures et comités existants. Cette commission est complétée par quelques personnes, françaises et étrangères, de la Société Civile reconnues pour leurs compétences (chef d'entreprises, représentants syndicaux, économistes, prix Nobel). La prise en compte de l'expérience acquise par les participants non français dans leurs pays respectifs et l'utilisation systématique de benchmark sur chaque sujet doivent permettre d'ouvrir largement le débat et d'éviter tout risque de propositions construites sur des spécificités franco-françaises. De manière à éviter que les travaux s'éternisent, Napoléon instaure un point mensuel obligatoire, au cours duquel les principales avancées lui sont présentées et des choix sont effectués.

## Sécurité

Suite à une vague d'attentats perpétrés par des djihadistes de retour de Syrie dans plusieurs pays européens, les pays concernés mettent en place une structure coordonnée de défense européenne (CDE), rattachée à la Commission Européenne et chargée de préparer un Schengen 2. Celle-ci regroupe les 8 pays envisagés pour la Confédération Européenne, ainsi que l'Espagne et la

Suède. Le Royaume Uni et l'Irlande, non membre Schengen, participent à ces travaux en tant qu'observateurs. Première mesure importante décidée, le financement des moyens de défense contre le terrorisme, tant en Europe qu'à l'extérieur, ce qui permet de renforcer les actions déjà menées tant au Mali et Centre Afrique qu'en Irak et Syrie. Le danois Anders Fogh Rasmussen, ancien Secrétaire Général de l'OTAN, est nommé responsable de cette structure. Un ancien Directeur adjoint d'Europol devient son adjoint.

Dans chaque pays un coordonnateur de l'ensemble des activités de lutte contre le terrorisme est nommé. Afin d'accroître la réactivité, celui-ci rapporte directement au chef de gouvernement. Pour la France, Napoléon choisit Bernard Cazeneuve.

La coopération entre états est rapidement renforcée : les données des dossiers passagers (ou PNR Passenger Name Record), déjà exploitées par les anglais, sont généralisés au niveau de ces pays.

En France, un déploiement massif de caméras de sécurité est décidé. Les fichiers d'ADN sont systématiquement complétés à chaque contrôle de personne impliquée dans une opération de police contre des risques d'attentats. Les écoutes de suspects soupçonnés d'être en relation avec des entreprises terroristes sont facilitées par une simplification et une accélération des procédures judiciaires correspondantes.

## Deuxième trimestre 2016 : la définition des premières lignes directrices

Les premiers résultats apparaissent dès le mois d'avril 2016 avec la définition des lignes directrices.

Réforme de l'Etat

Les principes de base des réformes sont présentés aux responsables politiques ainsi qu'aux partenaires sociaux:

- modernisation et optimisation des institutions en utilisant pleinement les Nouvelles Technologies et en responsabilisant chaque acteur,

- suppression des doublons lorsque 2 ou plusieurs entités couvrent des sujets comparables et rationalisation des responsabilités pour simplifier les procédures et ainsi raccourcir les délais,

- analyse systématique des coûts et benchmark avec la situation d'autres pays afin de diminuer les coûts, et de rapprocher les propositions de solutions mises en place dans différents pays et ayant fait leurs preuves. De même que dans le domaine économique, apparait ici la volonté d'éviter toute solution spécifique « franco-française » qui ne disposerait pas de justificatif suffisant.

A partir de ces principes, les premières pistes sont identifiées :

- **une redéfinition du rôle et des règles de comportement des élus,** afin d'éviter les débordements que l'on a connu avec les différentes affaires récentes, l'objectif étant de rapprocher «la vie d'élu» de «la vie de monsieur ou madame Tout le Monde»,
- **une généralisation du non cumul des mandats** aux différents mandats électifs ainsi qu'une diminution significative du nombre d'élus de chaque catégorie : députés, sénateurs, conseillers régionaux, …,
- **une simplification du millefeuille territorial** (régions, départements, cantons, communautés d'agglomérations, communes, …) permettant de répartir au mieux les responsabilités et d'éviter les redondances,
- **une évolution du statut des fonctionnaires dans les secteurs autres que régaliens** (armée, sécurité, justice, impôts, douanes, trésor), en ne remplaçant pas tous les départs et en embauchant des personnels sous contrat de droit commun, l'exemple de pays comme la Suède ou le Canada constituant un benchmark particulièrement démonstratif,
- **un alignement des régimes de retraite du public sur celui du privé et la suppression des régimes spéciaux.**

Ces mesures recueillent un large support de la part de la Chambre des Députés.

Le 14 juin, François Hollande et Napoléon tiennent une conférence de presse commune d'un genre nouveau, durant laquelle ce n'est plus le Président seul, mais les deux responsables qui répondent tous deux aux questions des journalistes. Cette conférence fait apparaître l'importance qu'a prise le Premier Ministre, qui éclipse le Président sur la plupart des sujets.

Les sondages réalisés par ailleurs montrent également un fort support d'une majorité des français à ces propositions. Fort de cet assentiment, le gouvernement engage de premières discussions avec les partenaires sociaux sur le statut des fonctionnaires.

Economie

La perception d'une réelle volonté de changement est, là aussi, très bien accueillie par les français. Cependant, dans plusieurs entreprises des actions jusqu'au-boutistes menées par quelques syndicats minoritaires conduisent à des grèves de faible importance mais très dures. Les blocages de la circulation ainsi que les difficultés accrues dans les transports mécontentent les usagers. Le décès d'une enfant dans une ambulance du SAMU, bloquée par une «opération escargot» déclenchée par des agents de l'EDF, suscite un fort mouvement d'opinion. Ces actions qui ont pour objet de faire perdurer d'anciens avantages acquis qui ne correspondent plus aux réalités de la vie du XXIème siècle sont jugées très négativement par une grande majorité de gens. Ceci conduit plusieurs responsables, tant salariés que patronaux, à proposer la constitution de nouveaux syndicats, représentant mieux les aspirations d'une majorité de français. Parmi ceux-ci, certains proposent la constitution de syndicats très proches dans leurs fonctionnements des syndicats allemands.

<u>Sécurité</u>

Les travaux menés par la **Commission de Défense Européenne (CDE)** aboutissent à un premier résultat avec la **définition d'un Schengen2** qui renforce le contrôle aux frontières des pays. La France, l'Allemagne, l'Italie, la Belgique, les Pays-Bas, l'Autriche, le Luxembourg, le Danemark ainsi que l'Espagne et la Suède signent ce nouvel accord.

Cet accord Schengen2 définit également un nouveau statut des immigrants. Chaque pays signataire s'engage à accueillir un quota défini annuellement. Chaque immigrant doit s'engager à respecter un ensemble de devoirs vis-à-vis de son pays d'accueil. En retour, pendant une période déterminée, il bénéficie de droits facilitant son insertion. En cas de non-respect de ses engagements, l'immigrant sera reconduit hors de la zone Schengen2. De manière à faciliter la lutte contre les réseaux terroristes et éviter l'infiltration éventuelle de membres de Daesh ou d'autres organisations terroristes, le prélèvement d'ADN de tout immigrant est généralisé dans les pays de Schengen2.

Le détournement d'un ferry entre Calais et Douvres, suivi d'une prise d'otages avec le décès de 12 personnes conduit le Royaume-Uni à demander un statut de «membre associé à Schengen 2», statut qui doit ensuite conduire à une ratification complète de cet accord. L'Irlande adopte rapidement la même position. Cette situation pragmatique permet au Royaume-Uni de garder son indépendance, tout en appliquant des mesures identiques à celles des autres pays Schengen2.

Un nouveau Système d'Information Schengen III (SIS III) est rapidement mis en œuvre. Il généralise l'utilisation des données biométriques, et dispose d'un outil puissant de rapprochement de dossiers individuels, indispensable dans la recherche de réseaux terroristes. En plus des différents types d'information déjà présents dans le Système d'information Schengen II (SIS II), il intègre des informations fournies par les administrations fiscales des pays signataires, afin de pouvoir systématiquement utiliser le volet fiscal dans chaque dossier.

Europe

Sous l'impulsion d'Angela Merkel et de Napoléon, un groupe constitué de 3 représentants par pays : Affaires Etrangères, Economie et Finance (pour la France : Alain Juppé, Emmanuel Macron, rejoints en juillet par Christine Lagarde, qui quitte ses fonctions au sein du FMI à l'issue de son mandat, pour l'Allemagne : Franck-Walter Steinmeier, Sigmar Gabriel et

Wolfgang Schauble), se met en place pour proposer un cadre de travail aux autres pays : Italie, Belgique, Pays-Bas et Luxembourg. L'Autriche et le Danemark décident tout d'abord de participer aux travaux en tant qu'observateur.

Dès la mi-avril, ce groupe propose de concentrer les travaux sur 4 chantiers :

- un **chantier «organisation»** ayant pour but d'identifier les responsabilités à confier à la future Confédération et celles à laisser du ressort des Etats,
- un **chantier «finance / fiscal»** ayant pour objet de rapprocher les politiques fiscales des Etats et de renforcer la lutte contre la fraude fiscale,
- un **chantier «Affaires Etrangères et Défense»** chargé de coordonner les grands axes de politique étrangère des pays signataires et de renforcer les moyens de défense commune. Les deux derniers commandants de la Brigade Franco-allemande sont chargés d'animer un groupe de travail sur ce dernier point. Des liens étroits sont établis entre ce groupe et la Commission de Défense Européenne,
- un **chantier «économie»** chargé de proposer au niveau européen des mesures pour faciliter le développement des entreprises européennes.

Les représentants des 8 pays s'accordent rapidement sur ce plan d'action et sur un calendrier.

Les chantiers Organisation et économie sont pilotés par des représentants allemands. Ceux des affaires étrangères et finance / fiscal par des représentants français.

Des représentants de la BCE sont associés aux travaux des chantiers Finance / fiscal et économie.

Chaque groupe doit présenter ses **premières propositions aux chefs d'état et de gouvernement des 8 pays lors d'un sommet organisé à Paris en décembre 2016**

## 3ème trimestre 2016 : les premières propositions

Réforme de l'Etat

A l'issue des discussions entreprises avec les parlementaires, la Commission des Réformes de l'Etat présente ses propositions. Celles-ci s'articulent autour de 3 thèmes principaux :

- le statut de l'élu,
- la modification du statut des fonctionnaires,
- la simplification du millefeuille territorial et la modernisation des organismes législatifs.

*Le statut de l'élu : Les attributions, droits et devoirs des élus sont précisés, de manière à éviter que se reproduisent des situations comme l'affaire Cahuzac en 2013 et l'affaire Thevenoud en 2014.*

*L'accent est mis sur une responsabilisation accrue des personnes qui briguent un mandat public.*

- ***des règles de comportement*** *: un comportement exemplaire en matière pénale et fiscale est requis.*
    - o *tout représentant élu, tout ministre et toute personne travaillant dans un cabinet ministériel doivent être en règle avec la justice ainsi qu'avec le fisc,*
    - o *tout représentant élu ou tout ministre condamné doit être frappé d'une mesure d'inéligibilité, à effet immédiat.*

- ***des règles pour rapprocher les élus de la société*** *: un passage fluide entre la société civile et le monde politique permet à l'homme politique d'être plus imbriqué dans la vie réelle et donc de mieux tenir compte des réelles préoccupations des électeurs. Peu de pays démocratiques disposent d'une «classe politique professionnelle de 21 à 91ans».*

    - o *le non cumul des mandats permet d'introduire de nouvelles personnes et donc de renouveler progressivement les élus,*

    - o *une limitation du nombre de mandats : compte tenu de l'évolution rapide de la société et du*

*monde actuel, il n'est pas sain qu'une personne
élu pour la première fois à 30 ans, le soit encore,
sans discontinuer, 40 ans plus tard. Un
parlementaire pourrait être élu pendant 2 mandats
successifs, retourner ensuite à une activité
professionnelle et de nouveau être candidat après
une ou deux mandatures. De manière à éviter une
façon simple de contourner cette règle, le
parlementaire ne devrait pouvoir être remplacé
par son conjoint ou un proche pendant la période
de non éligibilité à l'issue de ses 2 mandats
successifs,*

o *une obligation de présence : un parlementaire ne
perçoit sa rémunération que s'il participe à un
certain pourcentage des sessions, tant en session
plénière qu'en commission, avec un fort effet
dégressif en cas d'absentéisme,*

o *une égalité des parlementaires issus du public et
du privé : de la même manière qu'un salarié du
privé, un entrepreneur, ... sont conduits à
démissionner ou à déléguer leur activité à une
autre personne, un fonctionnaire doit démissionner
de son poste lorsqu'il est élu parlementaire,*

---

o *un plafonnement des retraites que peut toucher un élu pour ses différents mandats, avec, comme objectif, un alignement progressif sur le régime général,*

o *la suppression de la réserve parlementaire, source de nombreux abus. Les montants correspondants sont attribués à une caisse nationale chargée de regrouper les différents types de subvention, afin de rendre leur répartition équitable.*

210 députés signent un manifeste dans lequel ils approuvent ces nouvelles dispositions concernant une mise à jour de leur statut. Tous les sondages effectués entre avril et juillet 2016 confirment que ces mesures correspondent tout à fait aux attentes des français en matière de moralisation de la vie publique. Face à ce mouvement important de leurs électeurs, de nombreux autres députés rejoignent les 210 signataires. C'est le cas de la quasi-totalité des députés du R3, à 8 exceptions près, mais aussi de plusieurs députés des autres formations, ce qui conduit à un total de 389 députés en faveur de ces évolutions.

Au Sénat, un mouvement analogue se met en place. Il conduit 227 sénateurs à apporter leur support à ces propositions. Au total, 616 parlementaires confirment leur intention de voter ces propositions, chiffre qui va bien au-delà des trois cinquièmes nécessaires au cas où la réunion des deux chambres pour une révision de la Constitution serait nécessaire.

## Statut des fonctionnaires

Les benchmarks effectués dans les différents pays mettent en lumière la spécificité française en ce qui concerne l'importance de la fonction publique. La réflexion concernant le rôle de l'Etat conduit à concentrer les moyens de l'Etat sur les sujets régaliens : armée, sécurité, justice, impôts, douanes, trésor et à quitter progressivement les autres secteurs.

Deux grandes évolutions sont proposées :
- d'une part, le non remplacement de tous les départs dans les secteurs non régaliens,
- d'autre part, l'embauche de nouveau personnel sous contrat de droit commun, avec possibilité de démissionner ou de mettre fin au contrat, comme ceci se fait dans de nombreux autres pays.

Avant que ces propositions soient discutées avec les partenaires sociaux et débattues à l'Assemblée, une grève est déclenchée à la Poste par 2 syndicats. Ceux-ci sont rejoints par certains syndicats de la SNCF, de l'EDF et de la RATP. Le blocage des transports suscite un très fort mécontentement dans le pays.

En réaction à ce mouvement qui déconsidère les tenants du jusqu'aboutisme, les projets de nouveaux syndicats «à l'allemande» se voient renforcés. Deux nouveaux syndicats se constituent, la Confédération Sociale du Travail (CST), de tendance gauche modérée et assez proche dans ses orientations de la CFDT, et la Confédération des Salariés Responsables (CSR), très proche du R3. Beaucoup plus modérés que les syndicats contestataires, ces deux nouveaux syndicats rassemblent très rapidement un nombre d'adhérents supérieur à ceux de la CGT, de FO et de SUD réunis.

**Une majorité de députés dépose une proposition de loi pour que ces nouveaux syndicats puissent être considérés comme représentatifs.** Ces propositions reçoivent l'assentiment des syndicats réformateurs : CDFT, CFE-CGC et CFTC, qui voient en ces nouveaux arrivants un moyen de dynamiser le mouvement syndical. Il en est de même des syndicats patronaux qui considèrent que ceci peut permettre une réelle évolution constructive du dialogue social.

La proposition de loi est débattue en urgence à l'Assemblée. Une motion de censure déposée par les députés communistes, les députés du groupe Ecologiste ainsi que les députés socialistes «frondeurs», auxquels se joignent une cinquantaine de socialistes recueille moins de 150 signatures.

Le gouvernement lance une concertation auprès des partenaires sociaux en incluant alors CST et CSR.

Les négociations portent sur la modernisation de la fonction publique, le statut des fonctionnaires ainsi que sur un alignement du régime de retraite de la fonction publique sur celui du secteur privé et la suppression des régimes spéciaux de retraite.

*Les discussions aboutissent à un ensemble de propositions qui constitueront la base des questions à poser lors du référendum prévu au dernier trimestre :*

- *statut de fonctionnaire limité aux sujets régaliens : armée, sécurité, justice, impôts, douanes, trésor,*
- *contrat de droit privé pour les autres sujets du ressort de l'Etat, des Collectivités Locales et de la Santé, des EPIC, ...*
- *transfert volontaire de fonctionnaires des domaines non régaliens vers le nouveau statut, suivi d'un transfert progressif obligatoire à partir d'une date à préciser*
- *alignement du régime des retraites sur celui du privé,*
- *alignement des journées de carence des fonctionnaires et assimilés sur celui du privé,*
- *suppression des régimes spéciaux et alignement sur le régime de retraite du privé*

- *vérification systématique des arrêts de travail pour maladie dès que le nombre de jour annuel dépasse un certain seuil,*
- *intégration des primes dans le salaire,*
- *revalorisation des rémunérations des fonctionnaires des domaines régaliens ainsi que dans le domaine de l'éducation,*
- *renforcement des moyens de contrôle de l'utilisation des fonds publiques et exclusion de la fonction publique de tout fonctionnaire condamné après avoir commis des malversations dans le cadre de ses attributions, ou des abus de biens sociaux ou ayant profité indûment des facilités de sa fonction pour en tirer des avantages pour lui-même ou ses proches (ex : acquisition de biens, financement de services, dépenses personnelles, à partir d'argent public),*
- *« ponts » permettant à un ancien fonctionnaire de passer plus facilement d'un secteur à un autre,*
- *Mise en place des « nouveaux syndicats »*

Les travaux menés dans le domaine de l'Education ainsi que les benchmarks effectués avec les autres pays européens confirment le retard pris par l'Education nationale.

*Ceci conduit à fortement moderniser le secteur de l'éducation :*
- *rationalisation des programmes, avec la priorité donnée aux « connaissances de base » : maîtrise du français, de*

la lecture, de l'écriture, du calcul ainsi que maîtrise du numérique,

-   introduction systématique du numérique, dans le primaire ainsi que dans le secondaire,

-   introduction de module «école et économie» ayant pour objectif de présenter concrètement dès le collège la vie économique et de bâtir des liens entre l'entreprise au sens large et l'école, afin que chaque élève ait une compréhension objective de l'entreprise,

-   renforcement de l'autorité à l'école et responsabilisation des enseignants ainsi que des directeurs d'établissement,

-   mise en place d'un «comité d'orientation des études», constitué par des économistes, des représentants d'entreprises, des représentants des salariés, des directeurs d'établissement et des professeurs. Cette entité est chargée de définir les attentes de l'économie à moyen terme et donc les besoins de formation afin qu'à l'issue de leurs études, les étudiants bénéficient d'une meilleur employabilité. Son objectif est donc d'éviter que de nombreux étudiants terminent leurs études avec un diplôme qui, n'offrant aucun débouché, conduise soit au chômage, soit à repartir dans une autre formation, perdant ainsi un temps précieux, pour eux, comme pour la société,

-   mise en place d'outils de formation permanente utilisant le numérique,

- *lancement d'expérience de décentralisation et de motivation. Sur la base d'un programme de formation défini au niveau national, décentralisation au niveau d'établissement ou d'un groupe d'établissements du choix des enseignants, du contrôle de leur travail et de l'incidence sur leur complément de rémunération de base.*

La simplification du millefeuille territorial repose sur quelques principes de base :
- la suppression du morcellement des décisions et des redondances, de manière à accroître la rapidité des décisions,
- la mise en place d'entités de taille suffisante pour être représentative au niveau d'un ensemble européen de 250 millions d'habitants,
- la réduction des coûts avec une diminution du nombre de départements et la suppression d'échelons intermédiaires,
- l'utilisation généralisée du numérique pour faciliter le fonctionnement de chaque entité et diminuer les coûts.

Cette analyse conduit à identifier plusieurs pistes :
- *le renforcement du pouvoir de la région, d'une part, par la décentralisation de certaines fonctions précédemment centralisées au niveau national et, d'autre part, par le transfert de compétences précédemment dévolues aux départements, communautés, cantons et communes,*

*l'objectif étant à terme d'en faire des entités actives au niveau européen,*

- *le développement d'un ensemble de métropoles, rassemblant les compétences précédemment dévolues aux entités qu'elles regroupent. Ces entités doivent être à même de jouer un rôle avec les autres grandes villes européennes,*

- *le regroupement de plusieurs départements. Du plus petit, moins de 80 000 habitants, au plus grand, un peu plus de 2,5 millions d'habitants, les départements ont une taille très variable. Il est proposé dans un premier temps de regrouper les départements de manière à disposer d'entités d'au moins 500 000 habitants, ce qui conduit à une cinquantaine de départements.*

Economie

Le gouvernement élabore un ensemble de mesures pour faciliter la croissance, favoriser l'emploi et diminuer le chômage. Celles-ci reposent sur 3 principes :

- la suppression de contraintes qui freinent la compétitivité des entreprises françaises face à leurs concurrents,

- l'aide au développement des petites et moyennes entreprises

- la motivation des salariés,

Ceci conduit aux propositions suivantes :

- l'abrogation de la loi sur les 35 heures, la durée légale du travail étant alors fixée à 40 heures,
- une simplification du Code du Travail en réécrivant celui-ci sur la base des principaux points communs figurant dans les codes du travail de l'Allemagne et des pays nordiques,
- une révision complète de la réglementation concernant les seuils au sein des entreprises (10 personnes, 50 personnes, …), afin de faciliter le développement des PME / PMI et aider à la constitution d'ETI, indispensable au niveau européen,
- la généralisation de l'utilisation du numérique, tant en ce qui concerne les relations entre l'entreprise et les Administrations qu'en ce qui concerne les démarches entre les salariés et les Administrations,
- une réforme complémentaire des retraites tenant réellement compte de la réalité : allongement de la durée de vie, et supprimant les effets négatifs de la réforme de 2014. L'âge légal de départ à la retraite à taux plein est fixé à 65 ans, la durée de cotisation à 43 ans,
- la mise en place d'une réelle formation continue au sein des entreprises, afin de faciliter l'adaptabilité permanente des salariés à l'évolution de leur cadre de travail,
- la mise en place d'une participation différée qui permet aux salariés de bénéficier des résultats positifs de leur entreprise. De la même manière que pour des bonus ou

pour des stock-options, l'existence d'un délai entre l'obtention de résultats positifs, année n, et l'attribution de la participation, année n+p, permet de s'assurer que les bons résultats obtenus ne concernent pas seulement une situation court terme sans lendemain, mais s'insèrent réellement dans le cadre d'un développement positif de l'entreprise. Contrairement à la participation à l'origine limitée à certaines entreprises, cette nouvelle participation s'applique à tout type d'entreprise,

- le développement des PME et ETI (Etablissement de Taille Intermédiaire), d'une part, en facilitant leur accès aux marchés de l'Etat et, d'autre part, en développant les relations entre elles et les grandes entreprises, afin d'aider leur développement à l'international

En contrepartie de l'abandon des 35 heures, les instances patronales acceptent une augmentation des salaires, ce qui permet de redonner un peu de pouvoir d'achat et facilite ainsi une relance de la consommation.

Les mauvais résultats obtenus dans la lutte contre le chômage, l'existence de plus de 500 000 offres d'emploi non satisfaite alors que le pays compte plus de 3,5 millions de chômeurs conduisent Napoléon à revoir l'ensemble des moyens affectés à ce sujet.

Les moyens de Pôle Emploi sont redéployés sur le recensement, le suivi et la formation des chômeurs. La proposition d'offres est sous-traitée à des organismes privés de recrutement ayant fait leurs preuves.

Le suivi des chômeurs est renforcé, de manière à détecter tout abus. Comme dans de nombreux pays européens, un chômeur ne peut refuser plus de deux offres d'emploi, sans que ses indemnités ne soient revues à la baisse. De même une dégressivité des indemnités de chômage en fonction du temps est introduite.

Sur ces bases une expérimentation est lancée dans 3 départements.

Face aux tensions sur le prix de l'énergie causées par les actions menées par Daesh au Moyen Orient, les différents pays européens revoient leur position en matière de gaz de schiste. L'étude menée sur les réserves potentielles de la France confirme l'importance des gisements.

Sur le plan fiscal, Napoléon et son ministre des Finances proposent la suppression totale de l'ensemble des niches fiscales, remplacées par une Participation à la Modernisation de l'Economie (PME). Celle-ci consiste à financer un fonds ayant pour objet, d'une part, les investissements dans des secteurs d'avenir, d'autre part, le remboursement de la dette de l'Etat. Un pourcentage du montant versé est déductible des impôts. Pour le reste, les montants versés dans ce fonds sont bloqués 10 ans et rémunérés.

La partie dédiée au remboursement de la dette permet ainsi de diminuer le montant de celle-ci et donne un signe supplémentaire aux marchés.

Un programme de « Grands Travaux », centré sur deux thèmes principaux :

- le numérique, qui reprend une partie des recommandations du Rapport Lemoine sur «La transformation numérique de l'économie française»,
- le développement durable et la modernisation des moyens de production d'énergie,

est lancé.

Une première série de mesures concernant le numérique est enclenchée :

- mise en œuvre effective du Small Business Act à la française, reprenant les recommandations des rapports Gallois et Lemoine, avec un volet concernant les Administrations et un volet concernant les grandes entreprises, afin de réellement aider au développement des PME et ETI et de faciliter leur développement international,

- développement de l'Open Data dans toutes les Administrations, afin de faciliter l'éclosion de multiples applications pour simplifier la vie des usagers et raccourcir les délais de tout type de formalités,
- systématisation de l'emploi du Big Data dans toutes les entités dépendant de l'Etat, afin de mettre en place une réelle gestion prédictive de ses besoins, de lutter contre la fraude en construisant des modèles prédictifs d'identification,
- utilisation généralisée du numérique dans le secteur de la Santé, afin d'améliorer les procédures, raccourcir les délais, éviter les multiplications d'actes redondants et lutter contre les fraudes.

En outre, le gouvernement lance une action pour une utilisation systématique du numérique pour faciliter et rationaliser le travail des multiples organisations territoriales. La structure de coordination mise en place pour assurer le suivi de ce programme **«Régions Numériques»** fait apparaître les nombreux gains attendus de cette modernisation : raccourcissement des délais, diminution de la charge des agents, diminution des coûts, optimisation des achats, ...

Europe

« Finance / fiscal »

Suite aux informations communiquées par deux anciens employés d'UBS et d'HSBC fournissant une liste précise d'entreprises et de particuliers ayant fraudé le fisc dans les différents pays européens, les représentants du chantier fiscal proposent des mesures pour rapatrier rapidement ces fonds dans chacun des pays concernés ainsi que des mesures coercitives vis-à-vis des banques et en particulier des deux banques directement concernées.

Au vu des premiers résultats du groupe de travail «Fiscal», Napoléon et Angela Merkel décident de rencontrer leur homologue suisse, le Président de la Confédération Helvétique, afin de renforcer les mesures pour lutter contre la fraude fiscale et d'accélérer leur mise en œuvre.

L'échange automatique d'information, prévu pour 2017, est avancé au 1er janvier 2017. A cette date le secret bancaire sera totalement supprimé. Un système analogue aux deux accords américains :

-   FBAR : Foreign Bank and Financial Accounts, qui impose à un ressortissant de déclarer au fisc de son pays d'imposition tout compte de plus de 10 000 €, sous peine d'une imposition forfaitaire de 30%,

- FATCA (Foreign Account Tax Compliance Act qui oblige les banques suisses à déclarer au fisc de chaque pays européen tous les comptes détenus par leurs ressortissants, est instauré.

L'Italie, la Belgique et le Danemark acceptent d'adopter les mêmes règles dans un calendrier identique. Le Danemark abandonne son statut d'observateur pour devenir membre à part entière du groupe de pays. Le Luxembourg, l'Autriche et les Pays-Bas s'engagent à adopter ces règles six mois après. Dans les médias, les travaux de ces pays sont maintenant connus sous le nom de « Groupe des 8 ».

Les calculs du groupe de travail « Fiscal » montrent qu'en année pleine, cette lutte contre la fraude fiscale permettrait à chaque pays de rapatrier plusieurs dizaines de milliards d'Euros. Dans le cas de la France, c'est de 50 à 60 milliards d'Euros dont il s'agit, ce qui comblerait une grande partie du déficit annuel du budget français.

Les travaux du groupe de travail avancent également en matière de TVA. En vue du rapprochement des politiques fiscales, il est proposé d'adopter comme première mesure un taux de TVA normale identique pour chaque pays, fixé à 22%. Pour la France, ceci permet une augmentation de recette de l'ordre de 14 milliards.

Pour aller dans le sens de cette harmonisation fiscale, la France décide également de supprimer l'ISF.

<u>« Organisation »</u>

Dès le début, Napoléon s'investit très directement dans les travaux de ce chantier. Son objectif est de mettre en place une première étape de la Confédération Européenne entre la France et l'Allemagne et de l'élargir progressivement aux autres pays. Pour ceci **il propose à la Chancelière de définir un ensemble de sujets qui pourraient être pris en charge par un gouvernement confédéral dès 2019.**

Les travaux sont lancés sur trois axes principaux :
- l'identification de responsabilités transférables du niveau national au niveau de la Confédération,
- le rapprochement des modes de fonctionnement, de manière à ce qu'en Allemagne et en France des actions analogues puissent être traitées de manière identique,
- le statut de la Confédération et sa représentativité internationale.

Très vite plusieurs pistes sont identifiées :
- la mise en place d'une coopération étroite entre les Ministères des affaires Etrangères des deux pays, afin d'arriver à la définition d'une politique étrangère

commune. Pour convaincre son homologue, Napoléon propose que le siège de la France en tant que membre permanent du Conseil de Sécurité de l'ONU soit mis à la disposition des deux pays et rebaptisé siège France-Allemagne,

- le développement d'une force d'intervention commune résultant des travaux à mener par les ministères de la Défense des deux pays,
- le rapprochement des institutions de chacun des pays, en mettant en place des niveaux régionaux / landers de responsabilités équivalentes,
- la mise en place d'une politique de recherche commune, qui se focalise sur quelques grands sujets, dont le numérique et les énergies renouvelables,
- la convergence des systèmes fiscaux des 2 pays.

« Economie »

Le Groupe de travail identifie une liste de secteurs d'activités dans lesquels un ou des acteurs européens doivent acquérir ou renforcer des positions de leader mondial :

- les transports avec un développement à l'échelle européenne du véhicule électrique connecté dans un environnement tout numérique, avec les incidences sur l'infrastructure routière, le déploiement de réseaux de bornes, la gestion optimisée des transports,

- la médecine avec une utilisation systématique du numérique pour améliorer les prestations, diminuer les coûts et raccourcir les délais,
- le numérique et la sécurité, afin de pouvoir lutter efficacement contre tous les risques inhérents à l'utilisation généralisée du numérique dans tous les secteurs d'activité,
- les énergies renouvelables et la production des différents types d'énergie.

Dans les secteurs dans lesquels une société européenne est déjà parmi les leaders mondiaux, il est proposé de regrouper autour de celle-ci un ensemble de start-up / PME / ETI, afin d'accroître ses capacités d'innovation. Dans les autres, il est proposé de faciliter le regroupement de plusieurs sociétés afin de constituer de tels leaders.

Par ailleurs, en complément de la Directive européenne sur la libre circulation des travailleurs, le Groupe de Travail élabore les grandes lignes d'un «statut de l'entreprise et du travailleur européen», qui précise les droits et devoirs de chacun, ainsi que les moyens de contrôle. Ce document fournit des pistes pour éviter les problèmes de concurrence déloyale (embauche de salariés d'un autre pays dans des conditions très différentes de celles des salariés du pays dans lequel la prestation est effectuée, …)

Enfin, ce Groupe de travail propose de revoir de manière significative la politique économique en ce qui concerne les concentrations d'entreprises, afin d'éviter de bloquer des rapprochements qui permettraient à l'Europe de disposer de leaders mondiaux.

« Affaires étrangères et Défense »

La proposition de Napoléon de mettre à la disposition des 2 pays le siège de membre permanent au Conseil de Sécurité, très favorablement accueillie par l'Allemagne, permet d'avancer rapidement dans le domaine des Affaires Etrangères.

La convergence des positions des deux pays sur les actions à mener en matière de lutte contre le terrorisme, sur le suivi du conflit en Ukraine, sur la gestion du flux d'immigrants clandestins au sein des pays de la Zone Euro, les conduit à définir une ligne d'action qui devrait être suivie par la future Confédération Européenne. Les représentants allemands et français s'accordent sur la nécessité d'une présence plus forte d'une véritable entité européenne sur la scène mondiale. A la différence du Haut-Représentant de l'Union Européenne pour les affaires étrangères et la politique de sécurité, qui ne dispose guère de moyens, cette entité devrait faire entendre sa voix et disposer de réels moyens d'action dans le monde lorsque ses intérêts fondamentaux, sécuritaires ou économiques, sont menacés. La Force de Défense Européenne, la Brigade Franco-allemande apparaissent alors comme la traduction concrète de cette stratégie. Lors d'une réunion avec les représentants des autres pays du Groupe des 8, le dossier préparé de concert par les représentants français et allemands conduit chacun à réagir.

L'Italie adhère pleinement aux positions exprimées par le couple franco-allemand. Du fait de son appartenance au G8 et au G20, elle se positionne en tant que partenaire privilégié de ces deux pays. De par sa position géographique qui la met en première ligne pour accueillir des migrants provenant de Libye, l'Italie pousse ses partenaires à intervenir afin de canaliser et limiter le flux sans cesse croissant de migrants clandestins provenant notamment de ce pays. Pour avancer, Matteo Renzi mandate un représentant qui se joint aux responsables français et allemands de la Brigade Franco-allemande, afin de participer concrètement à l'élaboration des premières mesures.

Napoléon propose que les travaux sur la Défense menés au sein de ce Groupe de Travail et ceux de la Commission de Défense Européenne s'intègrent dans un même ensemble, afin d'éviter les redondances. Il voit dans les actions menées par ce Groupe de Travail, étroitement piloté par la France et l'Allemagne, un élément moteur pour faire avancer, à une échelle plus importante, les actions de la Force de Défense Européenne.

Napoléon est convaincu que, de même que l'artillerie s'était révélée l'arme déterminante au début du 19ᵉᵐᵉ siècle, la généralisation des drones est aujourd'hui un élément déterminant dans les guerres actuelles contre le terrorisme. Il persuade la chancelière allemande de lancer conjointement un grand programme de drones européens.

Sécurité

La Commission de Défense Européenne propose aux chefs d'état et de gouvernement des pays concernés de constituer une «Force de Défense Européenne». Celle-ci sera constituée à l'origine par des moyens militaires fournis par la France et le Royaume-Uni et financée par les 12 pays, membres ou associés, de Schengen 2. Ces moyens seront renforcés en 2017 par des militaires allemands. En parallèle le statut de la Brigade Franco-allemande sera modifié, afin de lui permettre de s'intégrer dans cette nouvelle Force. Progressivement les forces des autres pays intégreront le dispositif. Ceci permettra alors de passer à une seconde étape qui corresponde à la mise en œuvre d'une véritable force européenne.

**Lors de la réunion du 15 septembre 2016 des chefs d'états et de gouvernements, ces mesures sont approuvées et un budget est voté afin de mettre en place cette force et immédiatement accroître les moyens fournis par les militaires français et britanniques.**

Le financement par plusieurs pays européens des forces déployées par la France ou le Royaume-Uni, conforte notablement leur statut au sein de la communauté internationale. Pour la première fois ce n'est plus un contingent national, mais des éléments d'une véritable force européenne qui se déploient sur les théâtres d'opération africains et moyen-orientaux.

## 4<sup>ème</sup> trimestre 2016 : les premiers résultats

Europe
« Finance / fiscal »
Les 2 et 3 décembre, la réunion de Paris des chefs d'état et de gouvernement des pays du Groupe des 8 adopte les propositions du Groupe de Travail « fiscal ».

« Economie »
En complément des travaux du Groupe de Travail, les représentants français et allemands incitent les principaux syndicats et organisations patronales français et allemands à se rapprocher, de manière à contribuer aux travaux de manière coordonnée.

Les travaux concernant le thème «énergies renouvelables » conduisent à lancer un ensemble de projets sur l'utilisation de l'énergie des océans. Compte tenu de l'importance de sa surface maritime et de ses caractéristiques propres, notamment en Bretagne, la France présente un terrain particulièrement favorable aux développements de ces différents types d'énergies : éolien flottant, hydrolien, marée-moteur et houlo-moteur, en mettant l'accent sur ce dernier, qui apparait comme le plus prometteur.

Outre son volet militaire et sécurité, le programme franco-allemand de développement de drones présente de multiples retombées pour des applications civiles. Des projets sont lancés dans de nombreux domaines : surveillance, santé, transport, …

« Organisation »

Pour faciliter le rapprochement des organisations, les jumelages de villes entre France et Allemagne sont systématiquement relancés et étendus aux régions.

Le renforcement des moyens de contrôle de l'immigration donne de premiers résultats, avec pour la première fois depuis des années, une baisse du nombre des immigrés.

Réforme de l'Etat

La préparation du référendum sur la réforme de l'Etat donne lieu à un vaste débat. Afin de vaincre les principales résistances, Napoléon décide de limiter le contenu de celui-ci à la réforme du statut des élus ainsi qu'à la modification du statut des fonctionnaires et à l'alignement du régime des retraites de la fonction publique et des régimes spéciaux sur le régime général des retraites du privé.

La simplification du millefeuille territorial, ainsi que la modernisation des organes législatifs sont repoussées à un **second référendum, prévu au deuxième semestre 2017**.

**A la mi-décembre, avec 54% des voix le référendum conforte la position du gouvernement**. La majorité des français donne son accord à :
-   la modification du statut des élus,
-   la modification du statut des fonctionnaires, limitant leur emploi aux fonctions régaliennes,
-   l'abrogation de la Loi sur les 35 heures,
-   l'alignement du régime des retraites des fonctionnaires sur celui du privé et la suppression des régimes spéciaux.

Dans la suite de ces résultats, Napoléon annonce sa candidature à l'élection présidentielle de 2017.

Economie

Suite à l'approbation des mesures proposées par le groupe de travail « fiscal » du Groupe des 8 par les chefs d'état et de gouvernement de ces pays, début décembre à Paris, de premières retombées concrètes apparaissent dans la préparation du budget 2017.

Lors de la préparation de celui-ci, le gouvernement, bien suivi par sa majorité, propose une réelle diminution des dépenses de l'Etat avec le non remplacement d'un fonctionnaire sur deux dans les domaines non régaliens et une optimisation systématique des procédures d'achat, tant en ce qui concerne l'Etat que les Collectivités Locales.

Les résultats attendus de la lutte contre la fraude fiscale (25 milliards d'Euros) ainsi que l'augmentation à 22% du taux de la TVA (+14 milliards d'Euros) et la contribution à la force de défense européenne (+ 5 milliards) permettent à la France de **présenter un budget avec un déficit inférieur à 1%, en avance sur les engagements pris par le gouvernement précédent.**

Cet événement, salué bien entendu par l'Allemagne, mais aussi par la Commission Européenne, est le premier signal concret de l'évolution du fonctionnement de l'Etat français.

Au bout de six mois, l'expérimentation des nouvelles règles de traitement du chômage dans 3 départements donne des résultats spectaculaires : meilleure adéquation recherche d'emploi / offre d'emploi, diminution du nombre de chômeurs, baisse du coût moyen de gestion du chômeur, ce qui permet à effectif constant de renforcer l'accompagnement des personnes. Le gouvernement décide de généraliser ces règles à l'ensemble du territoire.

Sur la base des prévisions de besoins, il lance des actions de formation accélérée dans plusieurs domaines : aide à la personne, énergies renouvelables,... Pour tenir compte de l'incidence des décisions d'utiliser largement le numérique dans de multiples secteurs d'activité, il met en place un ensemble de formations appliquées à chacun de ces secteurs en associant systématiquement un expert d'un secteur à un innovateur issue d'une société développant un produit / service pour ce secteur.

Pour la première fois depuis de nombreuses années, les différents sondages ainsi que l'enquête mensuelle sur la confiance des ménages montrent une notable amélioration du moral des français.

Education

Les résultats obtenus par la première promotion de l'Ecole 42, lancée par Xavier Niel et les taux exceptionnels d'embauche obtenus convainquent Napoléon d'accélérer la formation aux métiers du numérique. Il demande à Xavier Niel de proposer un plan pour amplifier son action. Une entité du Ministère de l'Education, composée de volontaires, est mise à sa disposition pour mettre en place cette formation à large échelle, dénommée «Ecole Numérique du 21$^{ème}$ Siècle » (EN21).

# 2017 : Napoléon Président, les réformes de l'Etat

## 1er trimestre 2017

La campagne électorale

Dès le début janvier, Napoléon présente son programme pour les prochaines élections présidentielles. Celui-ci reprend les principaux thèmes mis en avant par le R3 depuis un an et propose d'accélérer la cadence des réformes dès l'élection. Conscient des difficultés rencontrées par les présidents depuis les 4 derniers mandats pour réellement réformer le pays, il s'engage à présenter devant la représentation nationale un programme complet dans les 100 jours, puis à mettre en œuvre celui-ci durant le quinquennat. Afin de s'assurer que les engagements soient bien tenus, il propose de renforcer les pouvoirs de la Cour des Comptes en chargeant celle-ci de tenir à jour l'avancement des engagements présidentiels, semestre après semestre. Il annonce également que dans le Rapport Annuel de la Cour les recommandations seront classées en deux catégories : la première qui conduira à des obligations d'action afin que l'entité concernée réagisse et corrige les dérives qui lui sont reprochées, la seconde qui regroupe les autres recommandations. Enfin, il propose de rendre le vote obligatoire.

Lors d'un grand meeting à la Porte de Versailles, il appelle au regroupement autour des forces du Centre et du programme du R3. Plusieurs anciens responsables du parti Le Républicains, autour d'Alain Juppé et Bruno Le Maire prennent la parole lors de ce rassemblement. C'est également le cas de Manuel Valls et de Bernard Cazeneuve.

Manuel Valls et Bruno Le Maire tiennent un rôle de premier plan dans l'équipe de campagne de Napoléon. Ils s'emploient à rassembler tous les électeurs qui, en refusant les extrêmes, de droite comme de gauche, voient enfin une opportunité pour faire avancer le pays et casser définitivement l'éternelle confrontation «droite / gauche» devenue stérile depuis des années.

Outre Napoléon et Marine Le Pen, huit autres candidats se manifestent. Un candidat écologiste, un ancien député « frondeur » socialiste sous la bannière «Nouveau Parti Socialiste», un candidat Front de Gauche, un député du courant «La Droite Forte» du parti Les Républicains rassemblent le nombre de signatures nécessaires. Un représentant du NPA, un dissident socialiste, un divers-droite et un indépendant complètent la liste.

Les sondages donnent Marine Le Pen en tête au premier tour, suivie de Napoléon, tous deux ayant un peu plus du quart des voix chacun. La Droite Forte et le Nouveau Parti Socialiste obtiendraient environ 12% chacun, les autres candidats recueillant moins de 5% des voix chacun, sauf l'écologiste qui est crédité de 7%.

## Réforme de l'Etat

Suite au référendum, les premières mesures concernant la réforme de l'Etat entrent en vigueur. La mise en place du nouveau statut de l'élu conduit à un examen approfondi de la situation de chaque député et sénateur. Conséquence immédiate, 33 députés et 24 sénateurs sont conduits à démissionner de leurs mandats. Le taux d'absentéisme à l'Assemblée et au Sénat baisse de manière très significative. Les résultats concrets de ces mesures sont reçus positivement par l'opinion.

Les travaux menés avec les partenaires sociaux pour la définition du nouveau contrat pour les employés de l'Etat dans ses fonctions non régaliennes progressent rapidement avec le support des deux nouveaux syndicats : Confédération Sociale du Travail (CST) et Confédération des Salariés Responsables (CSR), ainsi que de la CFDT, la CFTC et la CFE-CGC. Un premier projet est soumis au Parlement.

Afin de disposer d'une représentativité syndicale cohérente avec les importantes modifications du paysage syndical apparues suite à la création de la CST et de la CSR, l'Assemblée modifie le calendrier des prochaines élections professionnelles prévues en 2018 et fixe leur date au 4ᵉᵐᵉ trimestre 2017.

Economie

Au moment où une reprise économique mondiale se dessine, la suppression de la loi sur les 35 heures permet aux entreprises dans plusieurs secteurs d'activité d'améliorer leur productivité.

Les premières autorisations de forage permettent à la France de commencer son exploitation de gaz de schiste.

Le grand projet franco-allemand sur le véhicule numérique connecté suscite de nombreuses initiatives de la part de nouvelles start-up. Le fonds de Participation à la Modernisation de l'Economie (PME) indique qu'il prépare un programme de soutien pour accélérer les actions dans ce nouveau secteur.

Les premiers signes d'une baisse réelle du chômage se traduisent dans les chiffres. Le nombre de chômeurs repasse sous la barre des trois millions.

Sécurité

Au premier semestre 2017, le premier noyau de la Force de Défense Européenne, constitué de militaires provenant de France et du Royaume Uni et financé par les pays participant à la Commission de Défense Européenne, voit le jour. Il permet de renforcer les moyens mis en œuvre sur les théâtres d'opération africains ainsi qu'au Moyen-Orient.

## Europe

### « Finance/ fiscal »

Les nouvelles actions du Groupe de Travail concernent la fiscalité des entreprises :

- convergence des taux d'imposition des entreprises entre la France et l'Allemagne, dans un premier temps, afin d'aboutir ensuite vers une uniformisation au sein des pays du Groupe des 8

- mise en place d'un organisme fédéral chargé de s'assurer que les entreprises multinationales paient systématiquement leurs impôts dans chacun des pays dans lesquels ils effectuent leurs prestations.

### « Affaires étrangères et Défense »

Lors du sommet Union Européenne - Afrique, Napoléon, soutenu par l'Allemagne et l'Italie, propose de lancer un plan Marshall pour l'Afrique, afin de faire face aux besoins gigantesques du fait de l'importante croissance démographique prévue sur ce continent. Ce plan, présenté comme un véritable partenariat Europe / Afrique, a pour objet de faciliter le développement économique des différents pays africains, de contrôler réellement l'immigration à destination de l'Europe et de lutter efficacement contre le terrorisme avec la mise en place d'une véritable force africaine dotée des moyens nécessaires et travaillant en étroite coopération avec la Force de Défense Européenne. Ce plan présente par ailleurs l'avantage d'ouvrir de multiples opportunités de développement pour les entreprises européennes.

Cette proposition est le résultat d'un important travail préalable effectué par les représentants français, allemands et italiens auprès des pays africains. L'Egypte, le Nigéria, la Tunisie, le Maroc, le Sénégal, le Mali et l'Afrique du Sud apportent un fort soutien à ce projet.

La proposition, rapidement dénommée «Plan Napoléon», est bien accueillie par la plupart des pays européens et notamment par tous les pays du Groupe des 8, ainsi que par les principaux pays africains. Elle recueille le support du Fonds Monétaire International qui propose de participer à la mise en place d'une Banque Africaine d'Investissement pour les Infrastructures.

De manière à avancer rapidement, Napoléon demande au Groupe des 8 d'être moteur sur ce sujet, de travailler avec un premier noyau de pays africains et de faire des propositions qui puissent ensuite être reprises par l'Union Européenne.

Au premier tour de l'élection présidentielle, le 23 avril 2017, Marine Le Pen arrive en tête avec 35% des suffrages exprimés. Napoléon recueille 30 % des voix. Les autres candidats sont laminés.

Le candidat de la Droite Forte apporte son soutien à Marine Le Pen. Le dissident socialiste ainsi que le candidat divers-droite incitent leurs électeurs à reporter leurs votes sur Napoléon. Le candidat écologiste ainsi que ceux du Front de Gauche et du NPA prônent une abstention en prétextant un vote « blanc bonnet et bonnet blanc », reprenant ainsi le slogan du candidat communiste lors des élections de 1969. Le candidat du Nouveau Parti Socialiste se résout à voter pour Napoléon pour faire barrage au Front National.

Lors du débat entre les deux tours, Napoléon détaille son projet et démonte les arguments économiques de son adversaire. Tout au long de ses interventions, il met en avant la ligne directrice que l'on retrouve dans chaque proposition de son programme : la responsabilisation accrue de chacun et démontre l'irresponsabilité des propositions du Front National et les dangers que celui-ci ferait courir à la France.

Au soir du second tour, le 7 mai 2017, Napoléon est élu Président de la République avec 55% des voix. Il nomme Premier Ministre un jeune député, Emmanuel ValsMaire, qui s'est révélé particulièrement efficace comme porte-parole durant la campagne présidentielle. Celui-ci constitue rapidement un gouvernement resserré de 16 membres : hommes et femmes politiques issus du R3, mais également représentants de la société civile.

L'élection de Napoléon est accueillie très positivement par les dirigeants du Groupe des 8. Dès le lendemain de son investiture, Napoléon se rend en Allemagne. **Il propose à la Chancelière d'accélérer les travaux du Groupe des 8 et de préparer une première étape de la Confédération, limitée à la France et l'Allemagne, afin de créer un fort effet d'entrainement des autres partenaires.**

Les élections législatives donnent en juin des résultats qui confortent Napoléon et son gouvernement.

Le R3 obtient la majorité absolue, avec 302 députés.

Le Front National devient le second parti de France avec 126 représentants. La Droite Forte, rebaptisée Mouvement de la Droite Républicaine, négocie un accord de retrait réciproque avec le Front National. Dans la plupart des circonscriptions, son candidat se retire au profit du candidat du FN, ce qui lui permet d'obtenir 45 députés dans les autres circonscriptions.

Un accord électoral signé par le Nouveau Parti Socialiste, le Front de Gauche et les Ecologistes permet à ce regroupement de se présenter sous une même bannière, de se maintenir au 2$^{ème}$ tour et d'obtenir 104 sièges. Compte tenu des différences entre ces trois composantes et des positions tranchées prises par plusieurs de leurs leaders, l'accord électoral ne tient que quelques semaines et chacune des composantes décide de constituer son Groupe à l'Assemblée : Nouveau Parti Socialiste avec 62 députés, Front de Gauche avec 25 députés et Ecologiste avec 17 députés.

Afin de lancer rapidement les premières actions, une séance extraordinaire du Parlement est convoquée pendant le mois de juillet.

Dans sa déclaration de politique générale, le Premier Ministre annonce son calendrier :

- présentation du projet de nouveau statut des fonctionnaires et du nouveau contrat pour les employés de l'Etat dans les fonctions non régaliennes le 29 juillet,
- présentation du projet de modification du régime des retraites, le 29 juillet,
- débat sur ces deux sujets en octobre, suivi d'un vote le 5 novembre,

- présentation du projet de modification de l'organisation territoriale le 15 octobre, débat en novembre, suivi d'un vote des deux chambres ou d'un référendum durant la première quinzaine de décembre,
- présentation du projet de modification de la loi électorale afin de rendre le vote obligatoire,
- sur le plan européen, proposition d'une première étape de confédération France Allemagne, « Confédération Phase 1 », dans laquelle les deux états transféreront à la Confédération un ensemble de responsabilités dès le début 2019.

Economie

Les travaux menés sur le projet «Ecole Numérique du 21$^{ème}$ Siècle» au sein de l'Education Nationale et pilotés par Xavier Niel aboutissent en juillet à la mise en place d'une expérimentation sur quelques départements pour la rentrée de septembre 2017.

Les premiers projets de développement à grande échelle d'énergie houlo-motrice se concrétisent avec le choix de deux sites pilotes en Bretagne.

Economie

Un ensemble de start-up travaillant sur les différents aspects du véhicule numérique connecté bénéficient d'un premier financement provenant du nouveau fonds de Participation à la Modernisation de l'Economie (PME). Cet apport est rapidement complété par des investissements issus de nouveaux fonds de capital investissement qui voient dans ce domaine un secteur porteur bénéficiant d'un engagement européen de long terme.

Le secteur médical voit également apparaître une multitude de projets. Plusieurs d'entre eux apportent des innovations qui améliorent notablement les relations entre les cabinets médicaux et les centres hospitaliers, afin, d'une part, de lutter contre l'apparition de déserts médicaux et, d'autre part, d'optimiser le coût des soins. Le suivi en temps réel de malades à domicile quitte le stade expérimental pour se généraliser, diminuant ainsi fortement les coûts : moins de journées d'hospitalisation, diminution drastique des frais de transports, …

Conséquence immédiate de cette évolution des modes de fonctionnement de la médecine, la demande de postes dans toutes les activités d'aide à la personne explose. Un programme de formation / embauche sur ces différents métiers est lancé. Des incitations pour évoluer vers ce domaine reçoivent un accueil très positif de la part de nombreux chômeurs.

Réforme de l'Etat

A partir des principaux éléments de la réforme territoriale : mise en place d'une structure à deux niveaux : Régions et métropole ou regroupement de communes, le gouvernement met en œuvre une importante campagne d'explication.

Il reçoit un très fort support de la part de Napoléon qui s'investit très directement dans ce projet qui montre une véritable vision à l'échelle d'une entité européenne et fait apparaître de nombreuses économies par rapport à la situation actuelle. Lors de multiples déplacements en province, Napoléon constate l'accueil très positif reçu par ces propositions, et par contre la méfiance de nombreux élus locaux. Il demande au Gouvernement de préciser la situation cible mais de présenter la réforme en deux étapes. A l'occasion de rencontres avec des entrepreneurs régionaux, il insiste de nouveau sur la responsabilisation de chacun et met en avant l'importance de l'innovation pour le pays et la nécessité de généraliser l'usage de numériques dans tous les fonctionnements des entités de l'Etat.

« Organisation »

Lors d'une conférence de presse, Napoléon et la Chancelière allemande annoncent que les deux pays lancent un programme de benchmark de leurs organisations respectives, afin de préparer la première étape de la Confédération : convergence progressive des principaux modes de fonctionnement, synchronisation des calendriers électoraux, …

« Affaires Etrangères et défense »

Suite aux travaux franco-allemands, le cadre général du plan Napoléon pour l'Afrique est validé par les différents pays européens qui ont confirmé leur participation au projet :
- définition d'un programme coordonné d'investissement à l'échelle du continent africain,
- développement d'un programme d'éducation et formation,
- mise en place de moyens de contrôle des flux migratoires,
- identification d'une liste de six grands projets, concernant l'électrification, le développement des réseaux de communication, la santé avec le développement de réseaux d'eau potable et d'un réseau d'hôpitaux reliés aux médecins dispersés sur les différents territoires, la modernisation de l'agriculture en utilisant au mieux les nouvelles technologies et l'optimisation de l'extraction de matières premières, dans le respect de nouvelles normes environnementales, la mise en place de forces de sécurité et d'une armée africaines. Ces projets bénéficient de financement européen. En retour chaque participant s'engage à travailler prioritairement avec des entreprises européennes qui signent la charte « Plan Napoléon »,

- engagement de financement pluriannuel, conditionné aux respects des engagements des partenaires africains, avec le support de la Banque Centrale Européenne.

Un comité de pilotage de six membres : trois pays européens et trois pays africains est chargé de contrôler le suivi de ce plan, de veiller à la tenue des engagements et de proposer des évolutions au cas où la situation internationale nécessiterait des modifications significatives de celui-ci.

Lors des élections allemandes, en septembre, la Chancelière est triomphalement réélue, confirmant ainsi la volonté des allemands de mettre en place la Confédération franco-allemande.

**4ème trimestre 2017**

Economie :

En octobre, les élections des professionnelles modifient profondément la représentativité des syndicats. L'existence des deux nouveaux syndicats, CSR et CST, les premiers résultats constructifs obtenus, la modernisation de la vie syndicale incitent un nombre important de salariés à s'investir dans la préparation des élections. Pour la première fois un taux de participation de 64% est atteint.

Depuis un an, l'implication de nombreux salariés «modérés» a conduit à une forte augmentation du nombre des adhérents, au profit de la CSR et de la CST et a modifié profondément le profil global des adhérents aux différents syndicats.

Le résultat des élections confirme l'importance prise par ces nouveaux syndicats. Si, dans l'absolu, les syndicats contestataires perdent un peu en nombre de voix, ils perdent considérablement en pourcentage de voix. La CSR arrive en tête et recueille 34% des voix, suivi par CST et CFDT avec respectivement 18 et 15% des voix, la CGT est réduite à 11% et FO à 7%, CFE-CGC 5% et CFTC 4%.

La production de gaz de schiste permet d'une part de diminuer la facture énergétique de la France et d'autre part de renforcer les compagnies chargées de l'extraction. Une taxe sur les produits énergétiques extraits vient augmenter les recettes fiscales.

Réforme de l'Etat :

Validées par le référendum de décembre 2016, confortées par l'élection présidentielle et par la nouvelle majorité, les négociations sur le nouveau statut des fonctionnaires et le nouveau contrat pour les employés de l'Etat, avancent rapidement à l'Assemblée. La tentative de la CGT de constituer un front syndical uni contre ces propositions rencontre très peu de support de la part des autres organisations syndicales. Seul SUD décide réellement de s'y associer. Au sein de FO, les fédérations dans un faible nombre de ministères décident de s'associer à ce mouvement. La journée de grève nationale lancée par la CGT et Sud dans la semaine du vote de la loi à l'Assemblée est un échec. Au contraire, une contre-manifestation, favorable au projet de loi et organisée par les deux nouveaux syndicats ainsi que par la CFDT, la CFTC et CFE-CGC, donne lieu à des rassemblements très importants. Pour la première fois, la France constate qu'un front syndical réformiste et réellement représentatif, est en mesure de rassembler une large majorité en faveur d'une véritable évolution de la société française.

Le 15 novembre la loi est adoptée par une large majorité de l'Assemblée. Le débat au Sénat confirme ce vote.

Autre engagement clé du programme présidentiel du candidat Napoléon, la remise à plat du régime des retraites.

Depuis 1993, de nombreuses réformes des retraites ont été entreprises. L'absence de volonté politique réelle de revoir profondément le système ainsi que les difficultés du fait d'un support limité à quelques organisations syndicales ont toujours conduit à des réformes partielles et donc à la nécessité de relancer très rapidement de nouvelles réformes complémentaires : réforme Balladur de 1993, réforme Fillon de 2003, réforme Woerth de

2010, réforme de 2013. Face à cette politique des petits pas, Napoléon et son gouvernement, présentent un projet global qui tient compte des critères démographiques (allongement de la durée de vie, ...) et qui se rapproche des solutions mises en œuvre dans plusieurs autres pays européens. Ce projet repose sur les principes suivants :

- un véritable « régime général » couvrant le public, le privé et les entités disposant précédemment de régimes spéciaux,

- la généralisation d'un régime de retraite complémentaire par points, comme les actuels ARCCO et AGIRC, déjà fusionnés à cette date,

- la création de fonds de pension à la française,

- la création de régime de retraite privé facultatif, en plus des autres régimes,

- l'âge légal de départ à la retraite est fixé à 65 ans, comme dans la plupart des pays européens et la durée de cotisation amenée à 43 ans, le passage des règles actuelles à ces nouvelles durées se faisant dans un calendrier resserré de 4 ans. L'âge de départ sans décote est fixé à 68 ans,

- le basculement progressif des retraites du public sur le nouveau régime en 4 ans : 25 % du montant des retraites la première année, 50 % la seconde et ainsi de suite,

- la suppression du régime spécial des parlementaires qui reviennent dans le régime général. Cette mesure, même si elle ne concerne qu'un faible nombre de personnes, est jugée indispensable pour rapprocher les parlementaires du reste de la population et supprimer des avantages dénoncés depuis des années.

Moyennant une avancée en ce qui concerne une retraite minimale garantie, le support des principaux syndicats est acquis.

Les discussions à l'Assemblée se focalisent sur la durée nécessaire au basculement vers le nouveau régime et sur le calendrier d'extension de la durée des cotisations, les autres points étant considérés comme acquis.

La loi est votée le 17 novembre à l'Assemblée.

A partir des pistes identifiées au troisième trimestre 2016 :
- renforcement du pouvoir de la région,
- développement d'un ensemble de métropoles de taille européenne,
- regroupement de plusieurs départements,
les travaux sur la simplification du millefeuille territorial et la modernisation des organes législatifs proposent une importante modification de la structure territoriale avec à terme deux niveaux : régions et métropoles ou «nouvelles communes».

Comme dans d'autres pays européens, les «nouvelles communes» devront comporter un nombre minimal d'habitants, fixé à 25 000. Ceci conduit à réduire de manière drastique le nombre actuel de

36 700 communes pour arriver à environ 10 000 nouvelles communes, chiffre cohérent avec les 12 000 municipalités allemandes. Dans une étape intermédiaire, les départements réduits à des entités d'au moins un million d'habitants pourront subsister et faciliter la transition. Leur chiffre passe de 101 à une trentaine.

En parallèle les attributions de chaque entité sont clarifiées. La clause générale de compétence qui permettait à chaque collectivité d'intervenir dans tous les domaines d'intérêt local est supprimée, ainsi que les différents doublons ou « saucissonnage » de décisions.

La généralisation systématique de l'usage du numérique pour les collectivités locales, comme ceci est préconisé par le programme « Région Numérique » lancé en septembre 2016, permet d'alléger le nombre de représentants dans les diverses entités.

La diminution importante du nombre d'entités, la simplification des procédures et la numérisation systématique conduisent à une décroissance très significative du nombre d'élus, l'objectif étant de passer des 600 000 élus actuels (un pour 104 habitants) à 30 000 à terme, soit un pour 2 000 habitants, ratio que l'on retrouve dans plusieurs pays européens.

Cette réforme est complétée par une révision du nombre de sénateurs, ramenés à 125, soit de 5 à 14 par régions, Ile de France exceptée, avec un ratio maximum d'un sénateur pour 500 000 habitants. Les régions de taille plus petite : la Corse, les DOM regroupées en quelques entités, ainsi que les «Français de l'Etranger» disposent chacune d'un sénateur.

La réforme du nombre de députés est, elle, annoncée pour la fin 2018.

Après de multiples discussions avec les différentes entités concernées et notamment l'association des Maires de France, le projet est présenté à l'Assemblée à la mi-octobre. En parallèle, Napoléon intervient sur les principales chaînes audiovisuelles pour expliquer la vision de la France du XXI$^{\text{ème}}$ siècle au sein d'une entité européenne renforcée, les lignes directrices de cette réforme et les économies générées par ce nouveau fonctionnement.

Le débat fait l'objet de nombreux amendements. Une motion de censure déposée par le FN et le Front de Gauche est rejetée. Après deux mois de discussions, la loi est adoptée, sans modification significative.

Economie

Avec la poursuite des économies initialisées l'année précédente, l'augmentation de la lutte contre la fraude fiscale et le renforcement des différents types de contrôle, le gouvernement présente un budget en équilibre, pour la première fois depuis 1974.

Comme il s'y était engagé, en décembre Napoléon tient une première conférence de presse pour faire le bilan des actions engagées depuis son élection. Cette réunion est l'occasion de faire un bilan des trois premières actions majeures annoncées dans le discours après son investiture et de lancer de nouveaux chantiers, notamment en direction de l'Europe.

Il présente **les grandes lignes de sa vision pour l'Europe, en trois grandes étapes :**
**- la constitution d'une Confédération France Allemagne à la fin 2020, qui regroupe les deux pays leaders de la construction européenne : gouvernement commun, parlement commun, budget commun,**
**- l'élargissement à la Confédération Européenne, regroupant les pays du groupe des 8 en 2022, avec un accord privilégié entre la Confédération et les autres pays de l'Union Européenne,**
**- l'élection du Président de la Confédération au suffrage universel en 2023.**

Enfin il annonce qu'il demandera aux français de se prononcer par référendum fin 2018, sur la deuxième phase de simplification du millefeuille territorial et de modernisation des organes législatifs, avec la suppression des départements et la diminution significative du nombre de députés.

Sécurité

Les premiers militaires allemands rejoignent la Force de Défense Européenne.

« Organisation »

Deux ans après les élections régionales françaises, les travaux d'alignement des régions et des landers donnent leurs premiers résultats. De nombreux « ponts » s'établissent entre les dirigeants des régions de chaque pays. Il en est de même entre les dirigeants des grandes métropoles. Les binômes Bordeaux - Munich, Lyon - Francfort, Marseille - Hambourg se montrent particulièrement actifs et constituent un puissant support pour la convergence des organisations des deux pays.

# 2018 : la préparation de la Confédération

# France – Allemagne

## 1er semestre 2018

<u>« Organisation »</u>

L'avancée des travaux sur le projet de Confédération France - Allemagne conduisent à identifier un premier ensemble de domaines qui pourraient être transférés à la future Confédération : sécurité, recherche et innovation, économie, santé, ainsi qu'une partie de la politique étrangère. Les deux pays décident de lancer cette première phase de la Confédération en janvier 2019 (« Confédération Phase 1 »), afin de préparer la Confédération France Allemagne pour la fin 2020. Pour ceci chacun s'engage lors de l'élaboration du budget, à transférer la partie correspondante à la Confédération.

L'Assemblée Nationale et le Bundestag constituent une commission de coordination franco-allemande, composée d'une vingtaine de députés de chaque pays. Ceux-ci sont chargés d'assurer des relations étroites entre les différentes commissions, afin de synchroniser au mieux les actions de part et d'autre.

La France et l'Allemagne alignent leurs politiques fiscales, avec des taux de prélèvement identiques pour les personnes physiques, et mettent en place une structure unique de lutte contre la fraude fiscale. Ils proposent aux autres pays du Groupe des 8 d'élargir cette structure à tous les pays de la future Confédération Européenne. L'Italie, la Belgique, le Danemark et l'Autriche décident d'y adhérer au premier janvier 2019. Les Pays-Bas et le Luxembourg demandent une année supplémentaire.

## « Affaires étrangères et défense »

Lors de l'Assemblée Générale de l'ONU, Napoléon présente la vision de la coopération entre pays européens et pays africains pour la sécurité et le développement de l'Afrique, telle qu'elle résulte des travaux menés depuis un an.

Soutenu par les dirigeants européens ainsi que par de nombreux responsables africains, il présente une proposition de résolution autorisant une force internationale, sous mandat de l'ONU et sous commandement de la Force Européenne de Défense, à intervenir dans tout pays africain dans lesquels les forces de Daesh présentent un danger. La force internationale peut intervenir, suite à la demande d'un état, menacé sur son territoire. Elle peut également agir suite à la demande d'états mitoyens qui ne peuvent lutter efficacement contre Daesh que si des actions sont également conduites sur un territoire servant de sanctuaire à Daesh.

Cette résolution est adoptée, après avoir été soutenue par les pays européens, la quasi-totalité des pays africains et les Etats-Unis.

## 3ème trimestre 2018

L'Italie se joint à la Force de Défense Européenne.

« Affaires étrangères et défense »

La mise en place du Plan Napoléon pour l'Afrique suscite également l'intérêt des pays du Moyen-Orient. L'Egypte voit alors une opportunité pour renforcer sa position internationale et apparaître comme un «pont» entre l'Afrique et les pays du Moyen-Orient.

Napoléon rencontre les dirigeants égyptiens et leur propose un « deal » : une extension du Plan Napoléon au Moyen-Orient contre une action forte pour démanteler les réseaux extrémistes et contrôler l'immigration à destination de l'Europe. Lors de la réunion de la Ligue Arabe, le Président Egyptien, soutenu notamment par le Maroc, la Tunisie et les Emirats Arabes Unis, se fait l'avocat de cette proposition. A l'issue des débats, la majorité des pays accepte d'entrer dans une phase de négociation avec les représentants français et allemands qui coordonnent le déroulement du Plan Napoléon.

**4<sup>ème</sup> trimestre 2018**

Conformément aux engagements annoncés début 2018, les budgets français et allemand transfèrent à la Confédération « Phase 1 » les ressources nécessaires aux cinq départements sécurité, recherche, économie, santé et affaires étrangères.

Ce vote du budget 2019 est la première matérialisation concrète de la Confédération qui s'installe officiellement à Strasbourg et à Francfort le 1<sup>er</sup> janvier 2019.

Les travaux de la Commission Assemblée Nationale / Bundestag donnent leurs premiers résultats. Dès 2019 les présidents de chacune des commissions dont le budget est transféré à la Confédération se coordonneront avec leurs homologues afin de s'assurer que leurs travaux progressent de façon coordonnée. Un représentant allemand participera systématiquement aux travaux de chacune des commissions françaises et réciproquement. Le bilan de ces actions sera tiré à la fin 2019, afin que sa généralisation puisse être faite dans les conditions les plus efficaces.

Sécurité
La Belgique se joint à la Force de Défense Européenne.

<u>Réforme de l'Etat</u>

Les travaux menés durant toute l'année 2018 sur le renforcement du pouvoir des métropoles et sur le regroupement des communes en «nouvelles communes» montrent très concrètement les bénéfices apportés par cette réforme, tant en ce qui concerne l'efficacité des prises de décisions que les économies générées. Cela confirme l'intérêt de la suppression des départements, telle qu'elle avait été annoncée en 2017.

De même les travaux sur la deuxième phase de la modernisation des organes législatifs se concluent par la proposition de réduire le nombre de députés de moitié, en limitant leur nombre à environ 250.

Cette modification, ainsi que la suppression des départements interviendront lors des prochaines échéances électorales. Le projet de loi est présenté aux assemblées au début octobre.

A l'issue des discussions, le Gouvernement accepte différents amendements qui ramènent le nombre de députés à 300, soit environ un député pour 200 000 habitants.

**Le 2 décembre, le référendum approuve ces deux modifications par 57% des voix.**

# 2019 : une première phase pragmatique de la confédération France - Allemagne sur cinq départements ministériels

En janvier 2019, la France dispose enfin d'une nouvelle organisation territoriale conçue pour s'intégrer dans la future Confédération Européenne ainsi que d'organes législatifs modernisés.

A Strasbourg et à Francfort, se mettent en place les cinq premiers départements ministériels de la Confédération. L'utilisation systématique du numérique facilite le travail des entités, indépendamment de la localisation géographique de celles-ci.

Les travaux d'organisation de la Confédération franco-allemande, tant au niveau gouvernemental, qu'au niveau des régions et des métropoles progressent tout au long de l'année. Ils permettent de finaliser le transfert de compétences de chacun des Etats vers la Confédération ainsi que la structure de l'exécutif.

Conformément à leur engagement, l'Italie, la Belgique, le Danemark et l'Autriche alignent leur politique fiscale avec celle de l'Allemagne et de la France et rejoignent l'entité franco-allemande chargée de la lutte contre la fraude fiscale. La Commission Européenne et la Banque Centrale Européenne apportent leur support à cette entité et incitent les autres pays de la Communauté Européenne à la rejoindre.

Avec l'arrivée de militaires danois, autrichiens, néerlandais et luxembourgeois, la Force de Défense Européenne regroupe des forces armées provenant des 8 pays de la future Confédération plus le Royaume-Uni, ce qui lui donne une importante représentativité. Plusieurs pays de l'Union Européenne, dont la Pologne, décident de contribuer directement au financement de cette force.

**Lors du Sommet franco-allemand du 14 juin 2019, Napoléon et Angela Merkel annoncent la tenue de référendums simultanés dans les deux pays en décembre, afin de ratifier les décisions concernant la mise en œuvre de la Confédération Franco-allemande.**

Le plan Napoléon pour l'Afrique et le Moyen-Orient donne de premiers résultats. La mise en place d'un véritable contrôle de l'immigration au départ de plusieurs pays permet pour la première fois depuis des années de diminuer le flot des réfugiés. C'est notamment le cas à partir de la Tunisie, du Maroc et de l'Egypte. De premiers résultats concrets apparaissent dans trois des six domaines prioritaires de développement : l'électrification, la santé et les réseaux de communication, dans lesquels des partenariats industriels entre acteurs locaux et sociétés européennes voient le jour.

Avec une participation importante d'instructeurs français, allemands et italiens, les opérations de formation de la force africaine, donnent de premiers résultats : renforcement des états africains participant et amélioration de l'efficacité des forces africaines qui contribuent aux opérations de lutte contre Daesh. Face à l'aggravation de la situation en Libye, une action concertée de la Force de Défense Européenne et de la force africaine est lancée en mars, sous l'égide de l'ONU. L'Egypte joue un rôle clé dans le cadre de cette coalition. Au dernier trimestre, un premier contrôle des flux migratoires est en place sur une grande partie des côtes libyennes.

**En décembre, lors de deux référendums simultanés, français et allemands confirment leur volonté de constituer la Fédération Franco-allemande, le 1er janvier 2021.**

Ce choix des électeurs français et allemands conforte les dirigeants des autres pays du Groupe de 8 sur le bien-fondé de la démarche enclenchée en vue de la future Confédération Européenne. Il conduit à une accélération des programmes de convergence entre ces pays.

Après une année de fonctionnement en commun des commissions des parlements français et allemand, les deux pays proposent la mise en place d'une structure législative commune, afin d'assurer le suivi des domaines gérés par les premiers départements ministériels transférés à la Confédération. En l'absence de nouvelles élections, cette première «Assemblée Confédérale» est constituée par des députés français et allemands, détachés de leur parlement respectif et choisis de manière à représenter de manière équilibrée les différents Landers et Régions.

Le budget 2020 des cinq départements ministériels est voté par cette assemblée en décembre 2019.

# 2020 : la finalisation de la Confédération France - Allemagne

Après une année de fonctionnement de la première phase de la Confédération, limitée aux cinq premiers départements transférés, la France et l'Allemagne tirent les enseignements et précisent les modalités de transfert de tous les autres départements ministériels au sein de la Confédération.

Les travaux sur l'alignement du Code du Travail ainsi que de nombreux autres règlements des deux pays se terminent durant toute cette année, afin que la Confédération puisse disposer de règlements unifiés au 1er janvier 2021.

En mars, lors d'une conférence de presse commune, la Chancelière allemande et Napoléon font un bilan des résultats obtenus par la première phase de la Confédération et confirment le calendrier la mise en place de la Confédération France - Allemagne au 1er janvier 2021. Ils annoncent la nomination du premier Gouvernement de la Confédération pour début septembre, avec une transition progressive des responsabilités entre ministres nationaux et ministres de la Confédération.

Les attributions du Président de la République française ainsi que celles de la Chancelière allemande devront être modifiées, suite au transfert de responsabilités au profit de la Confédération. De manière pragmatique, les deux dirigeants indiquent que ces modifications constitutionnelles ne seront proposées qu'en 2023, après deux années de fonctionnement de la Confédération.

A la mi-2020, les dirigeants français et allemands finalisent la répartition des responsabilités au sein du Gouvernement de la Confédération. Napoléon sera nommé Premier Ministre et Angela Merkel vice-premier ministre. En outre, le ministre des Finances allemand sera nommé au poste correspondant de la Confédération et sera le numéro 3 du gouvernement. Un ancien Premier Ministre français sera le ministre des Affaires Etrangères de la Confédération. Comme prévu, la Confédération disposera d'un gouvernement resserré de 16 membres. Chaque ministre de la Confédération démissionnera de tous ses mandats nationaux lors de l'investiture officielle du Gouvernement de la Confédération. Afin de garantir le bon fonctionnement de la Confédération avec les deux états, seuls Napoléon et la chancelière allemande cumuleront un poste national avec leurs responsabilités au sein de la Confédération.

Au second semestre, l'Assemblée Nationale et le Bundestag finalisent leurs travaux pour le transfert de responsabilités vers l'Assemblée Confédérale.

Comme prévu, le 7 septembre, lors d'un sommet franco-allemand, Napoléon et Angela Merkel annoncent la composition du premier gouvernement de la Confédération. Le dernier trimestre 2020 est mis à profit pour faciliter la mise en place de la Confédération et s'assurer de la bonne synchronisation entre les départements ministériels de la Confédération et leurs deux homologues nationaux.

L'expérience acquise avec les cinq premiers départements ministériels transférés facilite l'élaboration de l'ensemble budget 2021. Celui-ci est voté par l'Assemblée Confédérale en décembre.

# 2021 : la Confédération France - Allemagne, première étape de la Confédération Européenne

Le 1er janvier, Napoléon et Angela Merkel mettent en place officiellement le gouvernement de la Confédération à Strasbourg.

Napoléon tient le premier conseil des ministres de la Confédération le 2 janvier.

Le premier objectif annoncé lors de sa conférence de presse de décembre 2017 est atteint. Il s'agit maintenant de préparer la deuxième étape avec l'élargissement de la Confédération aux six autres pays du Groupe des 8, afin d'arriver dans les deux ans à la Confédération Européenne.

Printed in Great Britain
by Amazon